MATÍAS,
pintor famoso

para Julio
para Verónica Uribe

Edición a cargo de Verónica Uribe
Dirección de arte: Irene Savino

Segunda edición, 2004

Edif. Banco del Libro. Av. Luis Roche, Altamira Sur,
Caracas 1062, Venezuela. www.ekare.com

ISBN 980-257-263-2
Hecho el depósito de ley
Depósito legal: lf1512001800179
Impreso en Caracas por Editorial Arte

MATÍAS,
pintor famoso

Rocío Martínez

EDICIONES EKARÉ

Matías sale a dar un paseo
y ve una bandada de pájaros en el cielo.

Le parecen tan hermosos que decide dibujarlos.

—¿Qué haces? –pregunta Penélope.

—Mira qué lindo me ha quedado este dibujo

-dice Matías-. Creo que debería exponerlo...

...en una sala pequeña y silenciosa...

...o tal vez en una de techos altos, muy altos...

...aunque mejor sería en una galería grande y espaciosa...

...o ¿por qué no? en la mejor sala de un famoso museo.

En ese momento sopla una ráfaga de aire
y se lleva el dibujo de Matías...

...¡y cae justo en el medio de un charco de barro!

El dibujo está manchado. Matías se pone muy triste.

—Ya no podré exponerlo.

Pero Penélope lo mira con cuidado.

—Matías —dice—, este dibujo también es muy lindo.

Parece que los pájaros juegan al escondite con las nubes.

Quiero tenerlo en mi casa.

"Vaya", piensa Matías,

"la casa de un amigo es mejor

que mil museos".